Oskar Wiener

Gedichte

Oskar Wiener

Gedichte

ISBN/EAN: 9783743433991

Hergestellt in Europa, USA, Kanada, Australien, Japan

Cover: Foto ©Andreas Hilbeck / pixelio.de

Manufactured and distributed by brebook publishing software (www.brebook.com)

Oskar Wiener

Gedichte

Gedichte

von

Oskar Wiener

Titellithographie von H. Steiner

Berlin
Schuster & Loeffler
1899

Alle Rechte vorbehalten

Seinem geliebten Meister

Detlev Freiherrn v. Liliencron

in dankbarer Verehrung

Oskar Wiener

Prag, im Sommer 1899

Siehe, ich bin Herr und König,
　Herr und König aller Träume,
Und ich winke mit der Hand nur
Und es rauschen Palmenbäume;
Und ich breite nun die Falten
Meines Regenbogenkleides,
Wandle farrengrüne Wege
Weit, weit ab des Erdenleides.
Und der Himmel glüht in Flammen
Und die Erde loht in Gluten
Und es ist, als wollte alles,
Alles sterben und verbluten. —

Siehe, ich bin Herr und König,
Herr und König aller Zonen,
Und ich kann im Purpurmantel
Auf gesäumten Wolken thronen;
Und ich kann durchs Weltall sausen,
Durch das Weltall auf Kometen,
Und mein Augenblitz kann alles
Jäh vernichten und ertöten.
Und der Himmel glüht in Flammen
Und die Erde loht in Gluten
Und es ist, als wollte alles,
Alles sterben und verbluten. —

Siehe, ich bin Herr und König,
Herr und König aller Weiber,
Und ich schreite über Blüten,
Über schlanke Mädchenleiber;
Und ich treibe adlerstolze
Flügelrosse auf die Weide
Und bin doch — ein bleicher Träumer,
Krank vom herben Alltagsleide.

Kleine Lieder

Erwacht.

Viel tausend Jahre schlief ich schon
Auf baldachingeschmücktem Thron
Beschützt von meinem Trosse
Im hohen Felsenschlosse.

Kein Laut seit einer Ewigkeit,
Kein Würfelspiel, kein Sängerstreit,
Kein perlendes Gelächter —
Nur stumme Todeswächter.

Mein Schlaf war tief, so tief und bang;
Die Weltensonne stieg und sank,
Es starben die Gestirne
In meinem Götterhirne.

Mein Schlaf war tief, so tief und bang;
Um meine bleiche Stirne schlang
Sich eine Natterkrone —
O harte Menschenfrohne!

Da bin ich jählings aufgewacht
In einer mondverklärten Nacht
Und hob die schweren Lider
Und sah mein Erbe wieder! —

Bildnis.

Meine erste Liebe war
Ein verschüchtertes Geschöpfchen;
Sieh nur, ihr Madonnenköpfchen
    Trug den Dornenkranz im Haar.

Einen immergrünen Strauß
Wollte an der Brust sie tragen:
Myrten — wie die Leute sagen —
    Myrten, bringen Glück ins Haus. — —

    *

Zwischen weißen Rosen spricht
Stumm ein Bild von toten Jahren;
Alles Leid, das ich erfahren,
    Steht in diesem Angesicht.

Hans im Glücke.

Meine Freude hat gleißende Schwingen,
 Ein liebliches Mädchengesicht;
Sie kann Lieder von Treue singen,
Treue halten kann sie nicht.

Meine Freude hat lachende Blicke,
Einen Mund der Küsse verspricht;
Und ich wandle wie Hans im Glücke,
Aber glücklich bin ich nicht.

Begegnung.

War wohl ein Prinzeßchen aus Morgenland,
  Die hatte nachtschwarze Locken,
Und als ich sie einst am Wege fand,
Da stand ich zu Tode erschrocken.

Sie hatte die gleichen Augen wie Du,
Dieselben ruhelosen,
Auf ihren Wangen brannten im Nu
Zwei dunkle Purpurrosen.

Sie trug ein blütenweißes Gewand
Und sang aus jauchzender Kehle
Und ihre zarte Lilienhand
Hielt — meine zuckende Seele.

Mein Herz.

Mein rothes Herz,
    Mein totes Herz
Soll endlich Ruhe haben;
    Ich hab es sacht
    In dunkler Nacht
Im tiefen Schnee begraben. —

    Im weichen Schnee,
    Im bleichen Schnee
Erblühten rothe Sünden;
    Mein altes Herz,
    Mein kaltes Herz
Kann keinen Frieden finden.

Junge Frau.

Und nun bin ich junge Frau
 Junge Frau,
Hab mein Herz begraben,
Und nun will ich wie der Pfau
Wie der Pfau
Bunte Kleider haben.

Jeder Nachbar, hat er Muth
Hat er Muth,
Küßt mich, weil ich darbe,
Doch wer fromm und ehrbar thut
Ehrbar thut,
Trägt nicht meine Farbe.

Kommt mein Schatz, der mich verrieth
Mich verrieth,
Kommt er stumm und trübe,
Will ich, daß er küssen sieht
Küssen sieht
Seine alte Liebe. —

Sag es nicht.

Sag es nicht, geliebtes Herzchen,
    Sag es nicht,
Daß wir heimlich uns gesprochen,
    Sag es nicht. —
Daß sich unsre Lippen fanden,
Wir zusammen aufgestanden;
Sag es nicht, geliebtes Herzchen,
    Sag es nicht! —

Sag es nicht, geliebtes Herzchen,
    Sag es nicht,
Daß wir Nachts im Wald gewesen,
    Sag es nicht. —
Daß dem Heiland wir begegnet,
Er uns heimlich eingesegnet;
Sag es nicht, geliebtes Herzchen,
    Sag es nicht! —

Ein herbes Lied.

Die kleine, braune Nachtigall
　Sie mußte mir gestehen,
Warum die Zitterespen all
In Klagen sich ergehen.

Die kleine, braune Nachtigall
Sie mußte mir vertrauen,
Warum die Tausendschönchen all
So bang zum Himmel schauen. —

Stumm blickt der Mond vom Walde her,
Es flüsterte die Linde
Und schluchzend klang und thränenschwer
Das herbe Lied der Sünde:

　Blaublümchen pflückte einst ein Kind;
Hoch standen alle Saaten;
Da hat ein schmucker Sausewind
Sein blondes Lieb verrathen. —
Ein sonnengelber Schmetterling
Kam über's Feld geflogen,
Da ward ein armes blondes Ding
Betrogen, ja betrogen.

Am Dorfsee.

Am Dorfsee neigt die Weide
    Ihr winterkahles Haupt;
Ich und die arme Weide,
Wir beide, ja wir beide
    Stehn einsam und beraubt. —

Der Wind bringt von der Schenke
    Tanzfrohen Walzerschritt.
Ach, wenn ich an Dich denke,
Mich so vom Herzen kränke,
    Weint stumm die Weide mit. — —

Am Bach steht eine Linde.
(Volkslied.)

Am Bach steht eine Linde
Seit Urgroßvaters Zeit;
Und wenn ich Dich nicht finde,
Nicht finde
An der Linde,
So thu ich mir ein Leid.

*

Ich habe eine Weide
Gepflanzt auf grauer Heide,
Nach Deinem ersten Kuß;
Dort legt man mich zur Ruhe,
Zur Ruhe
In der Truhe,
Weil ich bald sterben muß. —

Lied über'm Wasser.

Es zieht eine trübe Weise
   Flußab den Wolken nach;
Der Sturm leiht ihr zwei Schwingen
Und alte Strophen klingen
      Bald laut,
      Bald leise. —
Es zieht eine zage Weise
Flußab den Wolken nach:

   „Spiel auf Du Musikante,
   Spiel auf das Lied der Schmach,
   Weil mich der Liebste sandte
   Wohl in den tiefen Bach;
   Weil er mit rohen Händen
   Ein Myrtenbäumchen brach,
   Spiel auf Du Musikante,
   Spiel auf das Lied der Schmach!"

So zieht die trübe Weise
Flußab den Wolken nach. — — —

Der Sturm leiht ihr zwei Schwingen
Und ihre Strophen dringen
    Bis hin
    Zur Schenke;
Über Tische und Bänke,
Ganz leise Worte fließen:

  „Ich komm vom Wasser her;
  Die Liese läßt Dich grüßen,
  Sie liebte Dich so sehr . . . ."

— — — — — — —

„„Spielt auf ihr Musikanten,
Spielt auf das Lied der Schmach,
Weil ich mein Mädl sandte
Wohl in den tiefen Bach. —""

Der Gassenhauer.

Einen kleinen dummen Gassenhauer
   Hab ich nachts an Deinem Bett gesummt,
Da ist alle Deine Kindertrauer,
All Dein Schmerz, Dein banges Leid verstummt.

Und denselben dummen Gassenhauer
Sang mir eine Dirne heute Nacht,
Da hat jählings meine todte Trauer
Und mein Leid die Augen aufgemacht.

Mein Luftschloß.

Zager Hoffnung ferne Zinnen
  Grüßen stumm. — Mich faßt ein Schauer —
Und ich sehe silbern rinnen
Neuen Glanz in trübe Trauer.

Nun ist's Licht. Ich kann erschauen
Eine bunte Fahne droben,
Aus den Flechten schöner Frauen
Ist sie wundervoll gewoben.

Und zwei Coniferenbäume
Halten still am Schloßthor Wache,
Daß nicht einer meiner Träume
Tolle Kinderstreiche mache.

Daß nicht einer meiner Träume
Aus dem Dunstgehege bräche
Und durch weite Weltenräume
Mir ein Wort — von Liebe spräche.

Erika.

Erika, liebe Rika mein,
  Wie läuten doch die Glocken
So schüchtern und erschrocken
Den bleichen Winterabend ein. —

Dort hinter der Heide,
Wo die alten Eichen
In den Himmel reichen,
Dort hinter der Heide,
Uns beiden zuleide,
Stirbt der Sonnenschein. — — —

Ach Rika, lieb Erika mein,
Wie läuten doch die Glocken
So schüchtern und erschrocken
Den bleichen Winterabend ein. —

Weltschmerz.

Der Wind weint in der Weide,
 Die Nachtigall schluchzt laut:
Dem tiefen Erdenleide
Haben wir beide, beide
In die Augen geschaut. —

 Es blüht die bleiche Blume
Den fernen Sternen zu. —
Die Sterne möchten gerne
Aus ihrer kalten Ferne,
Aus ihrem todten Schweigen,
Aus ihrem stummen Reigen
Sich niederneigen.

Es blüht die bleiche Blume
Den fernen Sternen zu. —

 Es sehnt die arme Seele
Ein bischen Glück herbei.
Ach sie ist so bescheiden;
Sie will ja gerne leiden

Und nur ein wenig raften,
Doch fie muß weiterhaften
Im Alltagseinerlei.

Es fehnt die arme Seele
Ein bischen Glück herbei. —

Der Wind weint in der Weide,
Die Nachtigall fchluchzt laut:
Dem tiefen Erdenleide
Haben wir beide, beide
In die Augen gefchaut. — —

War eine kleine Näherin . . . .

War eine kleine Näherin,
  Der ging ein Lied nicht aus dem Sinn
Beim Wachen und im Träumen.
Sie summte leise vor sich hin,
Gebückt an ihrer Nähmaschin:
Das Lied vom Hemdensäumen.

Was jauchzt aus blauer Höhe
Die Kirchenglocke laut? —
Ich nähe, ja ich nähe
Das Hemd für eine Braut.

Du lieber Heiland sende
Den Myrtenkranz auch mir
Und meine müden Hände
Sie segnen Dich dafür!

— Was schluchzt aus grauer Höhe
Die Kirchenglocke laut? —
Ich nähe, ach ich nähe
Für eine todte Braut.

Mein süßer Heiland ende
Du diese Lebenspein,
Ich falte still die Hände
Und schlafe, schlafe ein. — — —

Gebet.

Bläst ein Faun seine Flöte
Tisli, tisla, tislu,
Und ich weine und bete,
Weine und bete dazu:

Träume Veilchenauge,
Träume sanft und süß;
Träume von den Sternen,
Träum' vom weltenfernen
Kinderparadies . . . . .
— Träume Veilchenauge,
Träume sanft und süß. —

*

Bläst ein Faun seine Flöte
Tisli, tisla, tislu.
Blumen im nahen Beete
Machen die Augen zu.
Blaue Vergißmeinnichte
Senken die Köpfchen müd,
Und ich träume und dichte,
Träume und dichte ein Lied:

Purpurrosenkelche
Blühn in meiner Brust;
Du, es stehn dort welche,
Die Du pflücken mußt.
Lege, eh sie enden,
In Dein reiches Haar
Mit verliebten Händen
Meine Blumenschar!

Altes Lied.

Der Reuter kam geritten
 Wohl über Berg zu Thal;
Er hatte gekämpft und gelitten,
Auf seines Kollers Mitten
Brennt blutig-roth ein Mal.

Von seiner Eisenkappen
Bleich nickt die Helmzier;
Matt müde schreitet sein Rappen,
Matt müde blicken des Knappen
Augen aus dem Visir. —

Laut pocht im Eichenwalde
Ein schwarzer Todtenspecht:
Wie balde, ach wie balde
Schläft stumm auf grüner Halde
Mein junger Reuterskneckt. —

Mutter und Sohn.

Es wacht vor uns'rem Hause
   Ein stolzes Eichenpaar,
Das pflanzte meine Mutter
In ihrem Hochzeitsjahr. —

Viel tausend Stunden rinnen
Gar trüb durchs enge Haus,
Viel tausend graue Spinnen
Sie spannen Netze aus.

Viel Nächte sind verwunden,
Durchweint so mancher Tag;
Ich habe nie empfunden,
Was Sonnenschein vermag.

Es wohnt in uns'ren Blicken
Ein jahrelanger Groll; —
Die alten Eichen nicken
Stumm und geheimnisvoll.

Die Mutter pflanzte beide
In ihrem Hochzeitsjahr:
Sie wußte nichts vom Leide,
Eh ich geboren war. —

Stimmung.

Kein Laut — — — die Nacht ragt starr und still
    Und geisterhaft in meine Träume;
Die schweigenden Cypressenbäume
Sie fühlen, daß ich sterben will. —
Und meine abgezehrte Hand,
Die tastet suchend nach dem Grabe,
Weil ich soviel gelitten habe
Und weil mich niemand hier verstand.

Slavisches Motiv.

Musici, Musici; ihr spielt ein traurig Lied.
   Habt mich im Schlaf gestört, ich bin so müd'. —
Habe nicht ausgeträumt und doch mein Glück versäumt.
Musici, Musici; dran seid ihr schuld. —

*

   Als ich schritt meinen Pfad
   Läutet es Ave grad. —
   Kuckuk rief seinen Schrei
   Und ich geh still vorbei,
   Still vorbe — stumm vorbei,
   Ohne mein Lieb.

Vorsicht.
(Im Volkston.)

Warte ein Weilchen, warte,
    Bang ists ums Herz mir und zag;
Warte ein Weilchen, warte,
Dann sag ich Dir, ob ich Dich mag.

Mutterchen will, daß ich glaube
Keinem Burschen ein Wort; —
Wenn sie gepflückt ein Blümchen,
Werfen sie achtlos es fort. —

Warte ein Weilchen, warte,
Bang ists ums Herz mir und zag;
Warte ein Weilchen, warte,
Bis ich mein Mutterchen frag.

Abschied.

Meine armen kleinen Lieder
  Halten Wacht an meinem Bette
Und sie fragen immer wieder,
Ob ich große Schmerzen hätte.

Ach, ihr zagen Kinderherzen
Lasset, lasset mich alleine,
Daß ich alle Menschenschmerzen
Still aus wunder Seele weine.

Weiße Nächte.

Nach einem dunkel-trüben Tag
   Kam eine weiße Nacht;
Sie hat aus stillen Augen
Mich grüßend angelacht. —

Ach schenk' mir blassem Träumer,
Schenk' mir doch deinen Mund
Und küsse meine Seele,
Die sterbende, gesund.

Nach einem dunkel-trüben Tag
Kam eine weiße Nacht — — —
— — — — — — — —

Neues Leben.

Der Himmel glänzt wie Seide,
　Ein junger Tag erwacht;
Was ich gelitten habe,
Es starb in dieser Nacht.

Das war ein stilles Sterben —
Die Bäume rauschten kaum,
Das war ein süßes Sterben —
Ein Sterben wie im Traum.

Nun soll durch meine Nächte
Ein tiefer Friede gehn
Und meine junge Sehnsucht
Soll in der Sonne stehn.

Der Star.

An der Parkcisterne lehnen Marmorvasen
 Und Mariensterne blühn im bunten Rasen;
Himmelblaue Glöckchen, grüne Nadelkissen
Und im weißen Röckchen leuchtende Narzissen.

An der Parkcisterne Tulipane treiben
Und ich möchte gerne dort ein Weilchen bleiben. —
Gelbe Tulpendamen, ihr stolzen und steifen,
Hört den liebeszahmen Star nicht pfeifen.

Ständchen.

Kleine Dame, stolze Dame
    Mit den braunen Nackenlöckchen
Und dem rothgestreiften Mieder
Und dem knappen Seidenröckchen;
    Kleine Dame, stolze Dame,
Sieh, ich komme nicht vom Fleckchen!
Will ich Dir von Liebe sagen,
Blickst Du störrig wie ein Böckchen.
    Kleine Dame, stolze Dame,
Wäre ich ein fades Geckchen,
Hätte gelbe Schnabelschuhe
Und ein weißes Tennisjäckchen,
    Kleine Dame, stolze Dame:
Ja, dann käme ich vom Fleckchen,
Dürfte Deine Lippen küssen
Und die braunen Nackenlöckchen. —
    Kleine Dame, stolze Dame! —

Meine Träume.

Meine Träume sind wie blonde Seelchen,
Wenn sie sich im Kinderreigen wiegen;
Lieb und dumm, in göttlichem Genügen —
Meine Träume sind wie blonde Seelchen.

Meine Träume sind wie Mädchenhaare
Einer wunderkleinen Zauberhexe;
Weich und zart, voll zitternder Reflexe —
Meine Träume sind wie Mädchenhaare.

Meine Träume sind wie weiße Kätzchen,
Jagen arme mäuschengraue Sorgen;
Surren, spinnen bis zum hellen Morgen —
Meine Träume sind wie weiße Kätzchen.

Meine Träume sind wie bunte Drachen,
Die den frechen Wirbelwind besiegen;
Immer höher, immer stolzer fliegen —
Meine Träume sind wie bunte Drachen.

Wolkenliedchen.

Pausbackig sind die Engelein,
   Ihr Kleid ist eitel Seide;
Mit einem Liljenstängelein
So treiben sie die Schäfchen ein,
Husch — auf der Himmelsheide.

Die große Wolke dort am Rand
Trägt stolz ihr rotes Bändchen;
Der liebe Gott hat sie ernannt
Zum Leit-Bähbäh, denn an Verstand
Hat sie ein ganzes Endchen.

Die andern Wölkchen aber sind
So dumm wie kleine Mädchen;
Ich kenne nur ein einzig Kind,
Das ich um vieles klüger find' —
Mein Herzensmargaretchen.

Ein Sonntagslied.

Ein Häuschen wie aus Marzipan;
  Hoch oben steht ein Gockelhahn;
Der bläht sich auf und thut gar stolz
Und ist doch nur aus Eichenholz. —

Ein weißes Haus im Wiesengrün,
Am Fensterbrett blüht Rosmarin;
Dort guckt mein süßes Mädi aus
Und pflückt für mich den Sonntagsstrauß.

Abenteuer.

Als ich so im Träumertrott
  Durch den Waldschnee stampfte
Und vergnüglich wie ein Gott
Meine Pfeife dampfte,
Stand im grauen Morgenlicht
Ein beschneites Nixchen
Und mit bittendem Gesicht
Machte es sein Knixchen.

Ach, die arme Kleine war
Grausam zugerichtet,
Selbst ihr blondes Flatterhaar
Hat der Sturm vernichtet;
Ihre Wimper thränenschwer,
Todtenbleich die Wange,
Und sie sprach: „Mich friert so sehr"
Und: „Mir ist so bange." —

„Wo sind Deine Schwestern, Kind?"
Fragte ich beklommen.
„Ach, die hat der böse Wind
Alle mitgenommen!
Mich nur ließ er hier allein,
Nennt mich frech sein Schätzchen;
Du, wie wollt ich dankbar sein
Für ein warmes Plätzchen! —"

— — — — — — — —

Also nahm ich an mein Herz
Mitleidsvoll die Kleine,
Daß sie ihren Kinderschmerz
Ungestört verweine. — — —

Inspiration.

Stehn auf feuchtem Wiesengrunde,
  Wo die schlanken Gräser raunen,
Herbstviolen dunkelblau.
Kommt in später Abendstunde,
Um das Wunder anzustaunen,
Meine kleine Märchenfrau.
Winkt mir schnell herbeizukommen:
„Sieh, ach sieh die dunkle Pracht,
Süße Augenweide!" —
Hat mich um den Hals genommen,
So, nun wird ein Lied gemacht
Und wir singen beide:

  Uns're hohen, frohen Lieder
  Gleichen Silberturteltauben,
  Wer sie hört, muß immer wieder
  An die weiße Liebe glauben.

  Uns're kleinen, reinen Lieder
  Gleichen dunklen Herbstviolen
  Und wir haben diese Lieder —
  Einer Nachtigall gestohlen.

Mein Maien.

Die weißen Blütenglocken
 Läuten den Frühling ein:
Die weißen Blütenglocken
Wollen gesegnet sein. —

Du Maienstrauß im Glase,
Sag, wer hat Dich gebracht;
Die schlanken Blütenzweige
Haben mich still gemacht.

Einst stand ich in der Sonne,
Das ist nun lange her;
Einst lachte mir die Sonne,
Die Sonne lacht nicht mehr.

Ein Winter ist gekommen,
O Gott, mich friert so sehr;
Mein Maien ist gegangen
Auf Nimmerwiederkehr. —

Wanderungen

Traumland.

Lege mir den goldgewirkten
  Scharlachmantel um die Schulter;
Setz aufs Haupt mir die Corona,
Die aus Dornenreis geflochten,
Dornenreis mit Lorbeerzweigen. —
So, jetzt reiche mir die Flügel,
Nicht die dunklen Vampirflügel,
Nein, die weiten Adlerschwingen,
Adlerschwingen meiner Sehnsucht! . . .
— Und nun komm in meine Arme,
Lehn das Haupt mir an die Schulter.
Wenn befreit vom Erdenbanne
Wir im lichten Äther schweben
Und geheimnisbange Laute
Uns umbranden, uns umtosen,
Senke dann die Augenlider,
Schließe Deine Augensterne. . . . .
Doch, so uns das Reich geworden,
Das in farbenstolzen Träumen
Mir die weiße Gottheit zeigte,
Ja, dann öffne weit die Augen,
Öffne Deine bleiche Seele
Wie der Blumenkelch die Blätter,
Wenn ein Sonnenstrahl sie segnet. —

Stimmung.

Spätsommer — Lenz der Todten;
Stumm schreiten Deine Boten
Auf glutgedörrter Bahn,
Mit langen purpurrothen
Talaren angethan.

Wachsbleiche Finger greifen
Voll Gier nach sonnenreifen
Sammtfrüchten im Geäst;
Doch müde Augen schweifen
Durch Wolken=Schimmerstreifen
Zum goldgesäumten West. —

In Silberblumen=Seide,
In weißem Sterbekleide
So wartet eine Braut;
Als einziges Geschmeide
Im Haar die Aster blaut.

Ihr Herz ist sturm=zerrissen,
Und ihre Brüste wissen
Längst nichts von Liebe mehr;
Sie wartet auf das Ende,
Und ihre bleichen Hände
Die zittern ach, so sehr. —

Spätsommer — Lenz der Reue.

Zeit.

Ich kenn kein Mitleid mit dem Welken, Kranken!
 Was morsch ist, falle ab, lehrt die Natur;
Und doch: Mich quälen tausend Qualgedanken,
Hör ich den Pendelschlag der Weltenuhr.

Es schleicht die Zeit gleich einer Tigerkatze
Auf Krallensohlen durch die Ewigkeit;
Wen sie erreicht, dem schlägt sie ihre Tatze
In das Genick und brüllt: „Halt Dich bereit!"

Totentänzchen: I.
Menuett.

Der kupferrote Vollmond hing
   In sternentoter Weite,
Und durch die dunklen Felder ging
Verschränkt ein Paar zur Freite. —
   Sie war so jung, so knospenschlank
Und hatte heiße Wangen;
Um ihren Leib die Arme schlang
In glühendem Verlangen
Der Tod —
Und sang:

   Es irrt ein Lachen durch die Welt,
   Ein sorglos-freches Höhnen;
   Es zieht ein Weinen durch die Welt,
   Ein Schluchzen und ein Stöhnen.
   Es steigt empor und schrillt zusamm'
   In wilden Dissonanzen,
   Wir aber wollen, schönes Kind,
   Ein Menuettchen tanzen. —

Ein Menuettchen tanzen! — — —

Totentänzchen: II.

Ringelreihe.

Ringel — Ringel — Reihe —
Wir sind unser Dreie;
Ich bin: eins, und Du bist: zwei
Und der Tod ist auch dabei.
Ringel — Ringel — Reihe —
Komm und schwör mir Treue!

Wisse, unser Knochenmann
Hat ein Herz aus Marzipan;
Du hast süße Sachen gern,
Mädl bleib dem Burschen fern!
Du bist jung und er ist alt.
Wie Du zitterst, Dir ist kalt;
Komm in meinen Arm,
Sieh, ich mach Dir warm! —

Ringel — Ringel — Ringeltanz —
Gieb nur acht auf Deinen Kranz;
Ist der Kranz zerrissen,
Wirst Du sterben müssen.

Totentänzchen: III.

Polka.

Meister Wurst und Pantalone,
   Harlekin und and're Narrn
Zieh'n auf buntem Faschingskarrn
Flitter, Tand und Schellenkrone. —

Kling-kling! Mit hellem Glockenton
Fährt durch die Stadt der Herr Baron.
Er nennt sich Prinz von Karneval
Und liebt Champagnerpfropfenknall
Und einen Tanz zu Zweien
Und einen Ringelreihen;
Und dann in rother Liebesstunde
So einen Kuß mit heißem Munde ...

Sein Bruder ist der Hippefranz
Und was der packt, das bleibt nicht ganz,
Und seine Schwester (welche Ehre!)
Ist wohl die schönste Bajadere,
Die jemals Seidenhemden trug
Und mit Gefühl die Laute schlug. —

Jüngst sprach ich zu Cäcilie:
„Was ist das für Familie?
Der eine nennt sich Herr Baron,
Der and're saß im Zuchthaus schon
Und Du bist eine Dirne!" —

Da rief sie wütend: „Hippefranz!"
Der kam, bat mich um einen Tanz
Und — still stand mein Gehirne.

Totentänzchen: IV.

Fanfarenmarsch.

Durch das alte Festungsthor
　　Zog ein Troß ins Weite,
Und ein Musikantenchor
Gab ihm das Geleite.

Stolz im jungen Morgenlicht
Gleißen Schwert und Speere,
Doch in manchem Angesicht
Leuchtet eine Zähre. —

Ungesehn vom ganzen Troß
Reitet ein Geselle;
Vorgebeugt auf schwarzem Roß
Grinst ein Schädel helle

— — — Durch das alte Festungsthor
Zog ein Troß ins Weite;
Tod und Musikantenchor
Gab ihm das Geleite. —

Meister Simon.

Vom heißen Kupferfirmament
   Ein thränenrotes Auge brennt;
      Die Sonne.
Das blutverweinte Auge grinst
Durch glutgedörrtes Zweiggespinnst —
      Oh Sonne!
Ein welker Greis im Bußgewand
Ballt drohend seine Knochenhand
      Nach oben,
Und keuchend brüllt sein wilder Haß:
„Wenn ich dich faß, — erlebst Du was,
      Du Sonne!"

— — — — — — — — — —

Einst stieg herab vom Königsthron
Ein Fürst: „Hier nimm als Sängerlohn
      Die Krone.
Die ganze Menschheit jauchzt Dir zu,
Ich nenne Bruder Dich und: »Du«,
      Mein Sänger!" —
Einst lauschte ihm die ganze Welt,
Sein Saitenspiel ist nun zerschellt
      Und modert,

Denn seinem Bruder wurde bang,
Als dreist das freche Lied erklang:
  Oh Freiheit!
Die Krone riß man ihm vom Haupt,
Der Purpur wurde ihm geraubt:
  „Geh betteln!"

―――――――――

Ein welker Greis im Bußgewand
Ballt drohend seine Knochenhand
  Nach oben! — — —
    — — — Nach oben!!

Simon Lomnicky von Budec (Meister Simon) wurde von Kaiser Rudolf II. zu Prag als Dichter gekrönt und in den Adelstand erhoben. Wegen aufreizender Gedichte verurteilt, sah sich der „tschechische Ovid" zuletzt genöthigt, betteln zu gehn! —

Ich bin euer Bruder!

Es ruft die Nacht nach ihrem Flügelrosse,
　　Um sich das Feuerrad herab zu holen
Vom violett gefärbten Himmelsbogen.
Dann schwebt sie sachte, sachte auf die Erde,
Stemmt ihre weißen, weichen Mädchenfüße
Ins Thalgefurch, reckt hoch die schlanken Arme
Und baut und baut an einer schwarzen Kuppel.
　　Nun ist es Zeit! Herunter mit den Fetzen!
Was soll mir diese bunte Augenweide?
Herunter, in den Staub dies Priesterzeichen;
fort, edelsteingeschmückte Amulete!
Ich will ein Mensch sein unter andern Menschen;
Will lachen und will weinen wie die andern! —
Die Marmorsäulen dieser Heiligtümer
Mit ihrem glatten, kalten Götterprunke,
Die schimmer-weißen Alabasterbüsten,
Die stolzen Friese und die hohen Giebel,
Ihr Anblick ist mir eine Last geworden:
Ich bin der Pracht, ich bin des Prunkes müde!
Der schwüle Duft früh aufgeblühter Rosen,
Die Weihrauchwolken meiner Opferstätte
Verfolgen mich und rauben mir den Frieden.

Die Purpurtoga drückt mir wund die Schulter,
Die Priesterbinde preßt die heiße Schläfe
Und die Sandalen sind mir eine Marter!
Der gold=geblümte Sammt der Ruhebänke,
Die Thyrsusstäbe, die Kristallgefäße,
Die Pantherfelle, die gelösten Haare,
Die nackten Weiber mit den Weinlaubkränzen
Sind mir zum Ekel und zur Qual geworden:
Ich bin der Pracht, ich bin des Prunkes müde!
Die stumme Andacht meiner Mitgeschöpfe,
Die tiefe Demuth dieser Erdenknechte
Im feierlichen Grün des Lorbeerhaines
Ist wie ein Vorwurf, der zum Himmel jammert,
Ist wie ein Hohn, der mein Gewissen züchtigt.
Ich bin kein Gott, ihr blöden Pöbelhaufen,
Ich bin ein Sünder, der im Sumpfmoraste
Des Alltags watet! —
    Ich bin euer Bruder!

Ein Placat.

Es glotzt und grinst das neueste Placat
   Des Kunstsalons von allen Straßenecken:
Ein gelber, dick-bebauchter Bonze hockt
Ganz nackt und schläf'rig da, die kurzen Arme
Hat er um seinen fetten Wanst geschlungen
Und scheint nun, dem so wichtigen Geschäfte
Des Daumendrehns sein Augenmerk zu widmen.
Doch scheint dies nur, denn seine fixen Äuglein
Verfolgen boshaft alle meine Schritte,
Und seine kahle, runde Schädelplatte —
Geschmückt mit einer Silbergloriole —
Wirft hell ihr Licht auf alle meine Wege.

Doch ist das schmutzig-gelbe Ungethüm
Nicht ganz allein, — Gesellschaft hat die Fratze!
Ein wunderstolzes, märchenhaftes Weib
Steht hoch und selbstbewußt an seiner Seite.
Ihr blütenweißes, prächtiges Gewand,
Dem einzig nur ein scharlachroter Streif
Als Saumschmuck dient, umfließt die runden Glieder,
Und ihre weltenfernen Veilchenaugen
Die blicken traumverloren in die Weiten,
Und ihre reine, kinderschmale Hand
Die zeigt zum Himmel: „Dort, ach dort!"

Da packt mich eine grenzenlose Wut,
Ein wilder Haß rast bleich durch meine Seele.
— Ich, der ich weinend manche schwüle Nacht
Nach Dir geschrien und Deinen süßen Namen
Zu rufen mich erkühnt, ich seh' Dich hier?! —
Wie oft hat meine abgezehrte Hand
Versucht, umsonst versucht, den Kleidersaum,
Den Deine Füße treten, zu erhaschen;
Wie oft, wie oft hab ich nach Dir gebrannt!
Die welken Finger, die nach Dir getastet,
Sie haben blutig, blutig sich geschrieben
Und meine thränen=roten Augen sind
Erblindet fast! Umsonst, umsonst!

Nun jagt mich eine grenzenlose Wuth,
Hohlwangig tollt der Haß durch meine Seele.
Ich, der ich weinend manche schwüle Nacht
Nach Dir geschrien, ich seh' Dich hier!!
Ich seh Dich hier mit diesem dickbebauchten,
Mit diesem gelben, ekelhaften Hund! —
    Ich seh' Dich hier?! . . . .

Im Schönheitsheiligtume.

Verstoß'ne Priester! — Menschenfremd
  Durchirren sie die Gassen; —
Die Gottheit friert, ihr fehlt ein Hemd;
Und der Tempel ist verlassen.

Wie lang, wie lange ist es her,
Da konnt er die Beter kaum fassen;
Nun stehn die hohen Hallen leer,
Und der Tempel, der Tempel verlassen!

Der Mond belebt die Marmorzier. —
Ein Weib tritt in die Hallen,
Um die entblößten Schultern ihr
Tiefschwarze Haare wallen.

Erst tritt sie zagend, fürchtend ein,
Eilt jubelnd dann zum Gotte;
Ja sie allein, sie ganz allein
Ersetzt die Menschenrotte!

Ja sie allein, sie ganz allein
Liegt betend hier im Staube,
Und es erwacht im nahen Hain
Der Wind und flüstert: „Glaube!"

Ver sacrum.

Hoch stand sie da, gelehnt auf ihren Speer,
   Um ihre Lenden hingen Tigerfelle,
Und aufgepeitscht vom Sturme hin und her
Flog ihres Haares losgelöste Welle. —

Ein schlanker Bursche kam des Wegs daher;
Nackt wie ein Gott, geschmückt mit Silberspangen.
Er hob die Wimper, die von Thränen schwer,
Da ist die Sonne blendend aufgegangen.

Er sah das Weib und seine Augen nannten
Ihr alle Himmel, die im Herzen leben;
Er sah sie an und seine Augen brannten,
Da mußte sie in Demut sich ergeben.

Hochsommer.

Die Felder lagen still im Sonnenbrand
 Und dumpfe Schwüle lagerte im Walde;
Es war, als laste eine Riesenhand
Mit schwerem Drucke über Berg und Halde.

Ein alter Karren fuhr auf der Chaussee,
Zwei müde Gäule wateten im Staube;
Es leuchteten aus frisch geschnittnem Klee
Ein Zopf, ein Mieder, eine Flügelhaube. —

— — — — — — — — — — —

Die Felder lagen still im Sonnenbrande,
Erglänzten weiß, gleich jungem Winterschnee;
Das Mädl schlief . . . betäubend roch der Klee . . .
Die Felder lagen still im Sonnenbrande. . . .

Liebesglück.

Sie war eine arme Nähmamsell
Und er ein junger Werkgesell,
Und beide allein und verlassen. —
Sie kannten sich seit langer Zeit,
Sie lebten in ew'gem Zank und Streit
Und konnten einander nicht lassen.

Sie teilten ehrlich ihr karges Brot,
Das ihnen das rauhe Schicksal bot,
Und hielten treu zusammen.
Er sagte nie: „Ich liebe Dich",
Und sie sprach nie: „Komm, küsse mich";
Und schliefen doch beide zusammen.

Sonnabend kam er trunken nach Haus,
Ließ seine Wut an dem Mädl aus
Und fluchte wie besessen.
Doch wenn der Sonntag-Nachmittag kam,
Dann gingen beide tanzen zusamm
Und hatten alles vergessen. —

Die Zigarette.

Zarte Regenbogenschwingen
  Einer kleinen Amorette
Leuchten aus den blauen Ringen
Meiner süßen Zigarette. —

Und auf blanken Schillerwellchen
Und im lauen Abendwinde
Schlingt ein zierliches Libellchen
Kunstgerechte Tanzgewinde.

Neigt sich, will mir etwas sagen,
Rümpft kokett das stumpfe Näschen
Und mit lachendem Behagen
Zeigt sie ein Paar Spitzenhöschen.

Und im kindlichen Vergnügen
Glänzen ihre drallen Bäckchen,
Kurze Mädchenröcke fliegen
Und der Wind zaust blonde Löckchen.

Lockt und lacht die kleine Wilde. —
Süßer Traum vom blauen Glücke!
Neckt und nickt das Rauchgebilde
Und verhaucht im Augenblicke. . . .

Namenlos.

Die Arme weit —
  Die Seele weit —
Im Herzen schluchzende Seligkeit
Und fieberglühendes Jagen.
Ein flimmernder, schimmernder Sonnentraum,
Ein fließender, grüßender Kleidersaum
Und ein kinderglück-seliges Zagen. — — —

Dein blühender Mund,
Dein glühender Mund
Will wilde Wonnen künden! —
Du, sag es nicht
Und trag es nicht
Bis hin zu den rauschenden Linden;
Du, sag es nicht
Und trag es nicht
Bis hin zu den lauschenden Weiden.
Ich bitte Dich sehr,
Verrate nichts mehr,
Sonst wird selbst — das Glück uns beneiden!

Im Dämmer.

Schlanke Sommersehnsuchtsstunden:
  Dämmergraue Pilgerfrauen;
Ich hab euch am Weg gefunden
Und ich sah euch Träume bauen.

Schwimmt in weltenfernen Weiten
Eine bleiche Silberkrone:
Ihre müden Flammen gleiten
Zitternd durch die Seligkeiten
Meiner herben Menschenfrohne . . . .

Müde Purpurträume schwanken
Sinnberauscht auf weißen Wegen;
Düstergrüne Epheuranken
Wollen sacht um Nachtgedanken
Ihre zarten Arme legen . . . .

Schlanke Sommersehnsuchtsstunden:
Dämmergraue Pilgerfrauen;
Ich hab euch am Weg gefunden
Und ich sah euch Träume bauen.

Fünfzehn Jahre.

I.

Wenn in dunkler Dämmerstunde
　　Uns die Abendglocken klangen,
Und vom Rosengarten drüben
Süße, schwüle Düfte kamen;
Wenn in dunkler Dämmerstunde
Durch das buntverglaste Fenster
Stille, stille Träume zogen,
Saßen wir im Stiegenhause,
Du und ich.

Ich und diese kleine braune
Hexe, die sich Liese nannte,
Waren beide matt und müde:
Sie — vom ewig gleichen Reigen
Schöner Sommersonnentage;
Ich — vom scharfen Ritt ins blaue
Reich der Phantasiegebilde.
Und sie hatte ihre weißen,
Blassen, schmalen Kinderhände
Andachtsvoll im Schoß gefaltet
Und sie lauschte meinen Worten;
Und ich sprach von weißen Wünschen,
Sprach von immer neuen Plänen,

Die ins Riesenhafte wuchsen,
Wie man oft von Märchen flüstert,
Die am Meeresgrunde blühen. —
Doch von Liebe sprach ich nicht.

II.

Einmal nur sprach ich von Dir,
Königin in meinem Reiche;
Und ich faßte ihre Hand
Und ich nannte Deine bleiche
Liebe einen tollen Brand.

Du, wie ihr das Auge lachte,
Dieses junge kinderklare,
Und sie löste flink das Band
In dem dunkeln Flatterhaare,
Das ihr so entzückend stand!

Und dann flüsterte sie zag:
Jetzt beginnt die schönste Zeit;
Fünfzehn Jahre bin ich morgen
Und mein Herzchen ist so weit
Und ich habe Mädchensorgen. . . .

Nippes.

Diese patinierte Bronze,
    Dieser dick=bebauchte Bonze
Schlummert süß auf dem Kamin. —
Doch die Porzellanpagode
Nickt kokett sich noch zu Tode,
Als verliebte Nachbarin.

Ihre schiefgeschlitzten Augen
Wundervoll zum Flirte taugen,
Brünstig ihre Lüste schrein;
Ihre Aprikosenwangen
Wie zwei reife Früchte prangen:
Lieber Bonze, beiß hinein! —

Doch gefühllos bleibt der Bonze;
Diese patinierte Bronze
Ist zur Ehe viel zu alt.
Ach, in diesem Indererze
Schlägt kein liebevolles Herze —
Tausend Jahre machen kalt.

Das Ei.

Mitten auf der feuchten Wiese,
 Die im Morgensonnenglanze
Wie ein grüner Seidenteppich
Eines Buddhatempels schimmert;
Mitten auf der feuchten Wiese,
Dort wo jene schmale Brücke
Aus geschnitzten Bambusstäben
Einen dünnen, silberweißen
Arm des Ganges überschattet,
Stehn fünf feierliche Störche,
Vielgereiste, kluge Störche.
Und die klugen, vielgereisten,
Feierlichen Storchgesellen
Machen dumme Glotzgesichter,
Machen blöde Uhuaugen,
Schütteln ihre greisen Köpfe,
Schnappen mit den langen Schnäbeln
Und geberden sich wie Knaben,
Die trotz einer Bastonade
Nichts vom bösen, vielgeschmähten
Einmaleins begreifen wollen. –

 Mitten auf der feuchten Wiese
Stehn fünf feierliche Störche.

Und die klugen, vielgereisten,
Hochgelehrten Storchgesellen
Stieren auf ein rosenrotes,
Ganz gemeines Ei im Grase.

„Dieses Ei," spricht Klipper-Klapper
(Wohl der Weiseste von allen),
„Stammt aus jener glutgedörrten,
Sandbestreuten Wüstenöde,
Die mein vielgeliebter Vetter
Strauß sich zur Domäne wählte."

„Welche falsche Hypothese,
Lieber guter Klipper-Klapper!"
Schreit entsetzt Storchdoktor Müller
(Dieser hat im Deutschen Reiche
Sich den Doktorgrad erworben),
„Welche falsche Hypothese!
Siehst Du nicht die rosenrote
Farbe auf der Eierschale?
Jene rosenrote Hülle
Birgt den eitlen, selbstbewußten,
Prahlenden Flamingovogel,
Der uns stets ein Dorn im Aug' ist." —

Und der dritte und der vierte
Und der fünfte Storchgelehrte
Haben jeder eine Meinung;

Jeder eine sonderbare,
Grundgescheute Überzeugung,
Die nicht Gegengründe duldet.

  Dieser schwört, die Gockelhenne
Hätte jenes Ei verloren;
Der spricht vom Ägypteribis
Und geberdet sich wie rasend;
Denn er kann es nicht begreifen,
Daß der fünfte, daß der letzte,
Doktor Müller recht gegeben.

*

Mitten auf der feuchten Wiese
Stehn fünf feierliche Störche.
Und die klugen, vielgereisten,
Grundgelehrten Storchgesellen
Stieren auf ein rosenrotes,
Ganz gemeines Ei im Grase. —

Das Haupt Montezumas.
(Altmexikanische Sage.)

Auf der weiten, bergumsäumten,
Bleichen Indianersteppe
Liegt das unermeßlich große
Schweigen einer todten Trauer;
Und es stiert aus blinden Augen
Auf zum kupferrotgefärbten,
Wolkenlosen Firmamente
Und es schreit von stummen Lippen
Und es greift mit wesenlosen
Armen in die schwülen Lüfte. —

Auf der weiten, bergumsäumten,
Bleichen Indianersteppe
Liegt das unermeßlich große
Schweigen einer todten Trauer:
Eingestürzte Grabgewölbe,
Opfersteine und Altare,
Bunt-groteske Mauerfriese
Tausendjähriger Ruinen
Und inmitten dieser Trümmer,
Dieser Schutt- und Aschenhaufen,
Reckt ein dürrer, riesenhafter,
Nackter Fels sein Haupt zum Himmel.

Dieses schiefergraue Antlitz;
Diese angstverzerrte Miene;
Diese ungeweinten Thränen,
Die im hohlen Auge lasten! —

Sohn der Götter, Montezuma,
Indianerbarbarossa!
Schlafe unter Deinem Steine,
Unglückseliger Azteke,
Schlafe, bis die roten Recken,
Sich das Weltenreich erobert! —

Auf der bleichen, bergumsäumten,
Weiten Indianersteppe
Liegt das unermeßlich große
Schweigen einer todten Trauer.

Ein Ausläufer der Santa-Estrella-Berge, ein sonderbarer Fels, der in rohen Umrissen einen gesenkten Männerkopf mit geschlossenen Augen zeigt, wird von den Indianern als „Montezumahaupt" bezeichnet. Dort schlummert der letzte Aztekenherrscher bis zur Wiedererweckung seines alten Reiches und der Weltherrschaft der Rothäute.

Vor dem Opfer.

Das ängstlich zuckende Mondgesicht
  Erzittert in Nacht und Grauen;
Die Berge rings, matt glänzend im Licht,
Stumm, frostig hernieder schauen.

Es schluchzt der Regen im Felsenthal
Metallisch klingende Lieder,
Hoch reckt der opferlüsterne Baal
Die stahlgepanzerten Glieder.

Sein riesiger Leib ragt schwarz und hart
Auf zu den sterbenden Sternen,
Sein höhlenleeres Götteraug' starrt
Gedankenlos in die Fernen.

Zwei Löwen wachen am Piedestal
Mit zornig flatternden Mähnen,
Und auf den Knie'n des ehernen Baal
Liegt nackt ein Mädchen in Thränen.

Die Spinne.

(Nach dem Tschechischen des Frantischek Soldan.)

Die Spinne Nacht kroch leise über Land,
 Nun lauert sie in irgend einer Ecke
Und plötzlich stürzt sie sich aus dem Verstecke
Und hat ihr graues Netz um Dich gespannt.

Vor Deinen Augen schwimmen Schreckgestalten:
Du treibst dahin wie ein zerschellter Kahn,
Ein Wrack auf sturmgepeitschtem Ozean —
Vor Deinen Augen schwimmen Schreckgestalten.
Vor Deinen Blicken jagen Schreckgestalten:
Du kommst daher, gebeugt im Bußgewande,
Du schreitest stumm im trüben Sorgenlande —
Vor Deinen Blicken jagen Schreckgestalten.

In tausend Seelen lastet dumpfe Trauer,
In tausend Augen wohnt ein bleiches Grauen;
Ach, alle sahn an ihrem Netze bauen
Die Spinne Nacht, — — — nun liegt sie auf der Lauer.

Sehnsucht.

Es schritt ein kranker Liebestraum,
 Im Blutgewand mit Silbersaum,
Durch meiner Seele Garten.

Das Haar zerrauft, die Füße wund,
Sang zitternd er, mit bleichem Mund,
Von tollen Liebesfahrten. —

Die Nacht war schwarz, die Mondfrau band
Am Firmament mit müder Hand
Ein Tuch um die Laterne. . . .

Es flog mein kranker Liebestraum
Empor zum dunklen Himmelsraum
Und küßte wach die Sterne.

Nacht.

Es hat die Sommernacht berauscht
    Sich an Orangendüften;
Sie hebt das müde Haupt und lauscht
Dem »Sing=Sang« in den Lüften. —

            *

Es schwimmt ein träger Glockenklang
      So zag und bang,
      So trüb und matt,
      So dumpf und satt
      Die Welt entlang. . . .

Auffliegt mit weichem Flügelschlag
      Durch Feld und Hag
      Ein kleines Lied,
      So matt, so müd,
      So bang und zag. . . .

            *

Und, wie am fernen Himmelsrand
Ein dunkelroter Wolkenbrand
      Versprüht, —
Da ist ein Klageglockenklang
So zag, so todeszag und bang
      Verglüht. — — —

Und wo am fernen Himmelsrand
Ein dunkelroter Wolkenbrand
    Verraucht, —
Da ist das arme Kinderlied
So matt, so todesmatt und müd
    Verhaucht. — — —

Ein Traum vom Morgen.

Die Nacht war kalt und finster,
　Der Tag war feucht und grau;
Still schläft im Heideginster
Die bleiche Wolkenfrau.
　　Um Dein weißes Kleide
　　Ist es bald geschehn,
　　Auf der blassen Heide
　　Lacht der wilde Föhn.

Er reißt vom Himmelsbogen
Den roten Sternensaum,
Der kommt herabgeflogen
Und schreckt Dich aus dem Traum.
　　Um Dein weißes Kleide
　　Ist es dann geschehn
　　Und die blasse Heide
　　Wird in Flammen stehn.

Besuch.

Wenn meine knospenschlanke Sehnsucht käme,
  Im dunklen Haar die Silberchrysantheme;
Wie wollte ich von ihren zarten Hüften
Den goldgewirkten Purpurschleier lüften!

Dann würde sie im weißen Marmorbecken
Die nackte Pracht der Mädchenglieder strecken.
Ich möchte ihr von meiner Liebe sagen
Und sie in mein Poetenstübchen tragen.

Ich löste dann die Seidenflechtenschwere
Und schnitt ihr flink mit meiner Schreibtischschere
Ein Stück von diesem schwarzen Prunkgeflechte
Für den Altar der angstdurchwachten Nächte.

Rückschau.

Der Weg, den ich im Leben geh,
  Hat wenig grüne Stellen; —
Von fernher blinkt ein lichter See,
Gold leuchten seine Wellen.

Gold leuchtet auch ein stolzer Bau
Auf fernem Wolkenthrone;
Es ist mein Schloß im Märchenblau,
Das ich nicht mehr bewohne.

Doch denk ich gerne an die Zeit,
Als wir da droben hausten,
Und in erhabner Einsamkeit
Die Frühlingsstürme brausten.

Als wir da oben, Du und ich,
Die ganze Welt vergaßen;
Im Jugendtaumel freventlich
Zu lieben uns vermaßen. —

Die Sintflut kam! Mein Glück ward jäh
Zerstört durch trübe Wellen . . .
Der Weg, den ich im Leben geh,
Hat wenig grüne Stellen.

Im Traum ein Wiedersehn.

Sie haben grinsend Dich geführt
 Zum roten Sünderfeste:
Vom sternentoten Himmel stiert
Der Mond durch schwarze Äste. —

Du weintest laut; Dein Schluchzen drang
In meine bleichen Nächte.
Mir ward bei diesem wunden Klang
So weh und bang,
Ich fühlte: Deine Seele rang
Um Menschenrechte.

Du weintest laut; Dein Schluchzen zog
Durch meine Einsamkeiten. —
Weißt Du es noch? Weißt Du es noch,
Wie mich Dein weißer Leib betrog
Und mir von tollen Lüsten log
Und süßen Heimlichkeiten?

Weißt Du es noch? Weißt Du es noch,
Wie meine Sinne brannten!
Wie meine heißen Lippen fort,
Nur immerfort
Das eine Wort
In wilder Sehnsucht nannten!

Und Du — und Du: Dein Lachen griff
Mit kalter Hand
In meinen Brand
Und Deine Mädchenlippe pfiff
Ein Straßenlied,
Ein Dirnenlied. — — —

Alte Sünden.

Und er wollt' sie glücklich machen
Und er wollt' sie selig sehen,
Und ein rosenrotes Lachen
Sollt' in ihrer Brust erstehen.

Und er zeigte ihr die zarten
Purpurhyacinthenblüten,
Die in seinem Herzensgarten
Stolz auf Rasenhügel glühten.

Ach, in diesem Heiligtume
Sollte sie als Sonne tagen
Und nun sah in jeder Blume
Sie die dunklen Würmer nagen.

Seiner Seele Bitternisse
Wollte sie nun auch erfahren;
Weinend frug sie: ob er wisse,
Wer die vielen Toten waren.

Ja, nun wollte sie erfahren,
Wen die Rasenhügel decken
Und mit ihren kinderklaren
Augen alte Sünden wecken! —

Und doch!

Unter Rosen, roten Rosen,
 Die gleich Menschenherzen beben,
Grabe ich mit ruhelosen
Händen, einen Schatz zu heben. —

Und ich grabe, und ich wühle
Sonder Rast und sonder Hoffen.
Horch! — Es klingt, ... ich bin am Ziele,
Und ein schwarzes Thor steht offen.

„Komm, so komm; Du hast errungen,
Was schon Tausende ersehnten;
Komm, so komm!" mit Donnerzungen
Diese Worte mich umdröhnten.

„Komm, so komm," die Worte brausen,
Meine Seele schreit: Entfliehe!
Und mich schüttelt wildes Grausen
Und ich sinke in die Kniee.

„Herr, ach Herr," weint meine Psyche,
„Gnade, Gnade! laß ihn leben;
Banne Deine Höllenflüche,
Sieh, er darf den Schatz nicht heben.

„Ach, ich wär' dem Tod verfallen,
Selbst die Rosen würden sterben,
Und die armen Nachtigallen
Müßten Deine Flüche erben." —

* * *

Seele, Du hast sterben müssen,
Und die armen Rosen kranken,
Und die Nachtigallen wissen,
Wem die Thränen sie verdanken.

Fluch.

Durch das Schweigen meiner Nächte
Dröhnen dumpfe Kirchenglocken.
Ach, „Er" drückt mir das Geflechte
Banger Träume in die Locken!

Und er reißt mich auf vom Lager
Und er peitscht mich durch die Gassen
Und mein Leib, zerquält und mager,
Soll nun auch das Leben lassen.

Und wie einst der Sohn des Herren
Muß ich meine Bürde tragen,
Und wie einst den Sohn des Herren
Will man an das Kreuz mich schlagen.

Mein Gram.

Mein Gram ist nicht wie euer feiger Schmerz.
  Er kriecht nicht winselnd durch die Judengasse;
Er bettelt nicht, daß man sein Elend fasse —
Mein Gram ist nicht wie euer feiger Schmerz.

Mein Gram ist nicht wie euer feiger Schmerz.
Er schreitet stolz, geschmückt mit seinem Hasse;
Er kriecht nicht winselnd durch die Judengasse —
Mein Gram ist nicht wie euer feiger Schmerz.

Gewitter.

Es ächzt und stöhnt der Föhrenwald,
  Sein Ring droht finster um mich her,
Und Deine schwankende Gestalt
Tritt plötzlich aus dem Föhrenwald,
Und Deine schwankende Gestalt
Sucht tastend einen festen Halt
Und wankt, —
        und fällt, —
              und ist nicht mehr. —

Und ein Gewitter, schwül und schwer,
Rollt dröhnend durch das Wolkenmeer,
Und Deine Stimme klagt und hallt
Gespensterhaft im Föhrenwald
Und stöhnt und hallt, —
              und dröhnt und hallt,
Und hat sich mir ins Hirn gekrallt
— — — Ins Hirn gekrallt!

Menschenliebe.

In bleicher Demut bist Du auferstanden,
Um Deine Lippen zuckt ein stummes Sehnen.
Ich will und muß: ich hasse Deine Schwächen
Und Deine Thränen, Deine Menschenthränen.

Du, schreite stolz: er hat Dich nicht verstanden,
Der Pöbel, der Dich durch die Gassen stieß!
Du, schreite stolz: ich habe Dich verstanden,
Im Hafen meiner Seele sah ich landen
Die Flammenbotschaft aus dem Paradies. —

Und doch, und doch: ich hasse Deine Schwächen
Und Deine Thränen, Deine Menschenthränen!
Sieh, Deine Augen scheinen mich zu höhnen,
Will ich ein Wort aus meinem Reiche sprechen.

Und wenn sich auch die beiden Pilger fanden,
Sieh: ihre Seelen konnten sich nicht einen;
— — — — — — — — — — — — — — —
In bleicher Demut bist Du auferstanden.

Der Prophet.
(frei nach Puschkin.)

Und ich irrte durch die Wüsten
Wahrheitsdürstend, gramgebrochen
Und für alle, die da büßten,
Als mich stumm die Sterne grüßten,
Hab ich ein Gebet gesprochen:

„Herr, ich habe meine Sünden,
Meine Frevel längst gebüßt.
Laß, oh lasse mich ergründen
Und der ganzen Welt verkünden,
Wo Dein Quell der Wahrheit fließt."

Und aufflammten die Gestirne
Und ich fühlte, daß „Er" zürne,
Und ich wußte, wer es war,
Der, die Glorie um die Stirne,
Dornen trug im wirren Haar! —

Und mit seinen wunden Händen
Rührt' er leicht mein Augenpaar;
Wie ein junger Königsaar
Konnt' ich scharfe Blicke senden,
Denn mit seinen wunden Händen
Rührte er mein Augenpaar.

Meine rüde Lästerzunge
Riß er aus dem Munde mir,
Setzte dann mit raschem Schwunge,
Für die todte Lästerzunge,
Diese kluge Schlange hier!

Und mein Herz, das blutend sprühte,
Schnitt er aus dem Leibe mir;
Eine Kohle, die noch glüte,
Rot wie eine Rose blüte,
Setzte lächelnd er dafür. — — —

Und dann war zum Himmelsbogen,
Der in tausend Flammen stand,
Er mit raschem Flug gezogen;
Doch sein Wort kam hergeflogen
Vom gesäumten Himmelsrand:

Auf Prophet, ich will Dich senden
Über Land und über Meere;
Auf, und gürte Deine Lenden
Und mit waffenschweren Händen
Künde meines Reiches Ehre! —

Brüder der Liebe.

Über das gelbe Heideland
Kamen zwei hohe Gestalten
Und sie schritten Hand in Hand,
Und ich habe sie gleich erkannt
An des Gewandes Falten. —

Einer trug ein flammendes Kleid,
Rot wie knospende Liebe,
Und ein Gürtel, golden und breit,
Leuchtete stolz und leuchtete weit;
Aber sein Antlitz war trübe!

Und der andre, leicht und schlicht,
Ging in weißem Talare,
Und wie das göttliche Sonnenlicht
Wunderkündend aus Wolken bricht,
Leuchtet sein Auge, das klare! —

Über das gelbe Heideland
Schritten zwei hohe Gestalten
Und sie schritten Hand in Hand,
Und ich habe sie gleich erkannt
An des Gewandes Falten.

Jom - ha - kipur.

„Unsre Seelen sind geknechtet,
Auf der Stirne brennt die Schande. —
Herr! Dein Fluch hat uns geächtet,
Hart hat Deine Faust gerechtet:
Wir sind fremd im Vaterlande."

„Feier aller Feiertage,
Die Versöhnung ist erschienen!
Herr, vernimm doch meine Klage,
Rette uns vor schwerer Plage;
Alle Sünden will ich sühnen." —

Und sein Sterbehemde wehte
Und der Rabbi hob die Hände
Und er neigt sich im Gebete;
Seine greise Stimme flehte,
Daß Jehovah Gnade sende.

Vom geschnitzten Altarschreine
Nahm er graue Thora-Bände
Und im trüben Kerzenscheine
Reichte er sie der Gemeine,
Daß sie Trost im Glauben fände.

Als sie Gottes Namen nannten
Feierlich im Chorgesange,
Sich gen Ost in Demut wandten,
Flackernd rings die Kerzen brannten; —
Ward es licht im Tempelgange.

Und in weißem Betgewande,
Gramzerquält im Angesichte,
Um die Handgelenke Bande,
Stand in weißem Betgewande
Zag und stumm ein Mann im Lichte.

Und er hob die schmalen Hände,
Blutig von der Fessel Frohne,
Und er sprach:
            „Mir, Vater, sende
Neue, rote Qualenbrände!"

Lebensrätsel.

*"Sieh, ist die Welt nicht
schön?"* —

Nicht ohne Graun und heimliches Entsetzen
  Geh ich an jener Marmorsphinx vorüber,
Die mir im Park mit heißem Rätselblick
So düsterseltsam stets entgegenstarrt.
Ich weiß, sie ist von Stein und ohne Leben,
Und dennoch — dennoch packt es mich wie Argst,
Bewegt der Mond ihr blasses Angesicht
Und zaubert Leben in die toten Glieder.
Oft sag ich mir: "Nimm einen andern Weg!"
Doch kommt der Abend dann auf leisen Sohlen,
So zieht es mich mit magischer Gewalt
Zur weißen Sphinx im stillen Parkbereich.
So war's auch heut! —
        — — — Einsame Wege wandelnd,
Die schon der Herbst mit welkem Laub bestreut,
Den Blick der feuchten Wiese zugewandt,
Da graue Nebel, so geheimnisvoll
Gestalten bildend, auf- und niederwogten,
Gelangte ich, durch hohe Bäume schreitend,
Fast unbewußt zu jener Stelle hin;

Dort, wo auf breitem Marmorpiedestal,
Das eine Bank zugleich dem Wandrer bietet,
Das Löwenweib die schönen Glieder streckt.
— Ich laß mich müde auf den Ruhesitz
Mit einem Seufzer der Erleicht'rung fallen
Und stütz das Kinn in meine hohle Hand,
Und denk und denk, und träume wache Träume . . . .
Geheimes Weben still verborg'ner Kräfte,
— Das Menschenherz mit seinem ew'gen Drange
Nach heißer Liebe eines andern Herzens —
Und was auch sonst noch mir den Sinn bewegt,
Durchdenk ich hier und träum ein zweites Leben.
Ich frage mich: wird uns denn niemals leuchten
Die Morgenröte einer Offenbarung?
Die Rätselfragen jener hehren Macht,
Sollen sie ewig uns verborgen bleiben! —
— — — Da ist es mir, als ob der leise Hauch,
Der flüsternd durch die nahen Büsche streicht,
Zu lautem Winde plötzlich sich verstärke
Und Antwort schnaubend durch die Lüfte saust,
Und wild verneinend an den Bäumen rüttelt,
Die nun in Demut ihre Häupter neigen. —
Jetzt bleibt mein Blick mit bang erstauntem Fragen
Empor zum Angesicht der Sphinx gerichtet.
Bei allem, allem, was mir heilig ist! —
Sie hat ihr schönes Marmorhaupt bewegt.
Und da — — — ist's möglich — — — narrt mich
         eitler Wahn,
Jetzt öffnet sie die festgefügten Lippen

Und weitvernehmlich klingt ihr lautes Wort:
„Du willst," spricht sie, „geheime Rätsel lösen,
Erhab'ner Dinge höchsten Sinn erforschen.
Du Thor, was keinem noch gelang,
So sehr er auch sein armes Hirn zermartert,
Wird niemandem in Ewigkeit gelingen,
Nein, niemandem in Ewigkeit gelingen!
Denn unverständlich eurem blöden Sinn,
Der nur das Kleinliche vermag zu fassen,
Bleibt alles, was die göttliche Natur
In weiser Vorbedacht verborgen hat. —

Vor tausenden von Jahren ward bespült
Im fernen Land Ägypten mir der Leib
Vom trüben Nil, trat er aus seinem Bette.
Auf ragten da zum lichten Firmament
Der Riesentempel buntbemalte Säulen,
Und ernster Priester feierlicher Chor
Sang Lob den Göttern, die die Welt regieren.
Und doch in Wahrheit herrschten nur allein
Die Priester, statt den Himmlischen zu dienen. —
Doch selbst auch jene stolzen Erdengötter,
Sie konnten sich dem Glauben nicht verschließen,
Dem Zwangsbewußtsein einer höchsten Kraft,
Die aus sich selbst das Seiende gebärt;
Sich selbst vernichtend, immer neu ersteht
Und die euch innewohnt als Weltenseele! —
— Doch gab's auch Zweifler schon in ihren Reih'n,
Und was sie das Mysterium gelehrt:

Die Werdekraft, zu der die Menschheit fleht,
Sie suchten sie und konnten sie nicht finden.

Und als ein Mann erhabenen Verstands
Das Volk Jehovahs aus Ägypten führte,
Erstand am Sinai euch ein Donnergott,
Der drohend da die Zehngebote lehrte. —
Gab's da nicht Aufruhr, schwarze Zweifelsucht?
Selbst Arons Söhne mußt ein Blitz erschlagen,
Ja, Moses selbst verzweifelte an Gott — — —

Und dann, als von Ägyptens alter Pracht
Sich nur noch Trümmer hoch zum Himmel reckten;
Im Reich der Pharaonen nun gebot
Die stolze Roma, die die Welt beherrschte, —
Dann wandelte auf Erden Gottes Sohn
Und predigte erhab'ne Menschenliebe
Und lehrte — lehrte, daß im Herzen wohne
Die Gottesmacht des frohen Selbstgenügens,
Der guten That unsterbliche Gewalt. —
Und dann?
     Dann haben frevelnd sie als Lohn,
Den besten Menschen, so die Welt getragen
Ans Kreuz genagelt — —
        — — und die Sonne sank! —
Wohl ist sein Geist zum Erbe euch geworden,
Doch sagt: Wie habt Ihr dieses Gut verwaltet?

Nicht Zweifelsucht braucht Dir im Hirn zu wühlen,
Gehorch nur dem Gebot der reinsten Menschenliebe. —
Fürwahr, das Volk hat recht!
Ein jeder Philosoph, und sei er noch so klug,
Ist doch ein halber Narr! —
Drum laß das Weltproblem, laß seine Lösung ruh'n,
Freu Deines Lebens Dich; — — —
    Sieh, ist die Welt nicht schön!

Inhaltsverzeichnis.

Kleine Lieder.

	Seite		Seite
Erwacht	11	Altes Lied	31
Bildnis	12	Mutter und Sohn	32
Hans im Glück	13	Stimmung	33
Begegnung	14	Slavisches Motto	34
Mein Herz	15	Vorsicht	35
Junge Frau	16	Abschied	36
Sag es nicht	17	Weiße Nächte	37
Ein herbes Lied	18	Neues Leben	38
Am Dorfsee	19	Der Star	39
Am Bach steht eine Linde	20	Ständchen	40
Lied über'm Wasser	21	Meine Träume	41
Der Gassenhauer	23	Wolkenliedchen	42
Mein Luftschloß	24	Ein Sonntagslied	43
Erika	25	Abenteuer	44
Weltschmerz	26	Inspiration	46
War eine kleine Näherin	28	Mein Maien	47
Gebet	29		

Wanderungen.

	Seite		Seite
Traumland	51	Totentänzchen II. Ringelreihe	55
Stimmung	52	„ III. Polka	56
Zeit	53	„ IV. Fanfarenmarsch	58
Totentänzchen I. Menuett	54	Meister Simon	59

	Seite		Seite
Ich bin euer Bruder!	61	Nacht	83
Ein Placat	63	Ein Traum vom Morgen	85
Im Schönheitsheiligtume	65	Besuch	86
Ver sacrum	66	Rückschau	87
Hochsommer	67	Im Traum ein Wiedersehn	88
Liebesglück	68	Alte Sünden	90
Die Zigarette	69	Und doch	91
Namenlos	70	Fluch	93
Im Dämmer	71	Mein Gram	94
Fünfzehn Jahre	72	Gewitter	95
Nippes	74	Menschenliebe	96
Das Ei	75	Der Prophet	97
Das Haupt Montezumas	78	Brüder der Liebe	99
Vor dem Opfer	80	Jom-ha-kipur	100
Die Spinne	81	Lebensrätsel	102
Sehnsucht	82		

Druck von Oskar Bonde in Altenburg.